黄昏练习

向连超　著

西北工业大学出版社

西安

图书在版编目（CIP）数据

黄昏练习 / 向连超著. -- 西安 : 西北工业大学出版社 , 2025.4. -- ISBN 978-7-5612-9877-0

Ⅰ . I227

中国国家版本馆 CIP 数据核字第 20257T3B21 号

HUANGHUN LIANXI

黄 昏 练 习

向连超　著

责任编辑：梁　卫		**策划编辑**：雷　军	
责任校对：李文乾		**装帧设计**：高永斌　李　飞	

出版发行：西北工业大学出版社

通信地址：西安市友谊西路 127 号　　　　邮编：710072

电　　话：（029）88491757，88493844

网　　址：www.nwpup.com

印　刷　者：西安五星印刷有限公司

开　　本：850 mm × 1 168 mm　　　　1/32

印　　张：7.625

字　　数：189 千字

版　　次：2025 年 4 月第 1 版　　　　2025 年 4 月第 1 次印刷

书　　号：ISBN 978-7-5612-9877-0

定　　价：58.00 元

诗之序

2021年4月20日傍晚7点，留德归国博士白大夫历时5小时55分钟，用71枚"订书针"将我身体的漏洞缝补完毕。此后，我在北京住院封闭治疗4个多月，其间看了9本考古及文学类书籍。其中一本是关于顾城的回忆录，边读边流泪。当护士问我为什么流泪时，我又笑了，惹得众人一脸茫然。学生时代为诗歌疯狂的岁月，仿佛就在眼前啊。

8月初，当秋风渐起，我返回人间，提起搁置20多年的笔，重新开始写诗。我不知道诗歌对自己究竟意味着什么。在夜深人静的某个时刻，在行走山川的某个瞬间，在置身尘世的某个偶然场景，总有一些细小的东西击中我的心，然后就有了这些分行的文字。现在，他们集合在一起，或高或矮，或胖或瘦，或沧桑或稚嫩，但都有一张真诚的脸，不装，不欺，不涂脂抹粉。如果你碰巧看到他们，如果你心疼他们中的某一个，请伸出你宽厚的大手，摸摸他那张渴望关爱的小脸，甚至怜爱地对他说："嘿，小家伙，你愿意到我家里做客吗？"那我就感激不尽了！

世界多么荒凉啊！到处都是时间的遗物。

生活多么荒诞啊！遍地杂草丛生。

人间多么珍贵啊！因为有你们，还在仰望星空。

黑夜降临了，有人在寻找良心，有人在匆匆赶路，而我在继续书写。现在，我写下了这首《诗》——

用汉字砌墙，须在午夜时分
万物沉睡的时刻，可以真心忏悔

我背对的南山，南河
我面前的楼宇，灯光

我左边的思想，右边起伏的鼾声
长江在远处，不舍昼夜地流

而我熬夜写下的诗，丝毫没有减少
人们内心的黑暗

写作，是我经受的第二种创伤
做人，是第一种

于 2024 年 11 月 23 日午夜

目录

辑一　黄昏练习

我只有一件关心的事：
当我睁开眼，你要在身边

辑二　流水辞

流水什么也带不走，
包括时间的影子

辑三　人山岭

大风吹过山冈，
大风吹走了我的亲人

辑四　一念众生

生活是一个比喻，
世界是一个镜像

黄昏练习

我只有一件关心的事：当我睁开眼，你要在身边

黄昏练习

黄昏练习

当我老了，步履蹒跚，摇椅上沐浴新阳
也许模样与茅德·冈相仿
手捧叶芝的诗集，从正午到黄昏
食指停在第一页。已入眠

我谁都不想见。无人来见我
迷途的白马正从书中走出，打着响鼻
你站在堂屋，扶着南墙长久发愣，想不起
为什么进来。而我知道

昨天我已遗忘：刀光剑影，水深火热
让我们聊聊很久以前：我终生仰望着的
几个灿若星辰的名字
是不是正从园子外，随你走来？

嘘，小声点儿，那只山画眉
可能来自《南华经》，怀揣那只蝴蝶的信

它正用尖喙筑巢，造梦
在你的眼睑上，安一扇明亮的窗
通向触手可及的澄明。一个巨大的空白

于是我醒了。这是仲秋一个发黄的日子
有人在谈论丰收节。我只有一件
关心的事：当我睁开眼，你要在身边

我的诗

芦苇在南河北岸集会。风来时
依次点头，弯腰，立正
一只红蜻蜓立于苇尖上，一动不动
它已习惯了风中的起伏
两个背靠铁栏杆穿白纱裙的少女
不小心被风露了底
一只小黑狗一路小跑，隐入灌木丛
好像急着奔赴一场约会
穿蓝衣的农夫手提一桶黄金
正精心喂养半亩豌豆苗
一只公鸡扬了扬硕大的红冠，用右脚
刨了刨草根，又用左脚刨了刨
长木椅上有一个啃了一口的红苹果
去年春天坐在上面的一对老人
老大爷西去后，老太太也不来了
作为工业遗存的半截烟囱下

依旧是烟熏火燎的人群

这是我们的生活。我的诗

东风错

小时候的理想是，腰悬长剑，行万里路
单手叩开庙堂门
现在的心愿是，好好吃饭，好好睡觉
半夜不怕鬼敲门

再也不说硬话了
再也不说软话了
让石头说，让流水说，让别人在夜里说

东风来了。东风也不说
山那么高，田野那么空旷。到处都是
冬天的遗物

到处都是，来不及收拾的残局，等东风
来收拾。东风松口气，倒春寒就来了

不信你看，刚开的玉兰，昨晚谢了

相见欢

狗妈妈起了个大早。整整一个月了
它想去看看，儿子在新家过得好不好

没有谁注意到这只匆匆忙忙赶路的狗
它不想惊动任何人，包括其他的狗
它有自己的秘密。不能分享

路边的草高了些，露水像泪水，打湿了
黄毛衣。必须在早饭前翻过徐家梁子

是了。它轻轻唤了一声，呆呆站在原地
一只小狗望过来，走过来，跑过来
越跑越快，冲进了它的怀里

几只散步的狗望着它们，不出声
几个遛狗的人望着它们，不出声

这是母子俩的幸福。不能分享

春风破

远处的田野中央。有几个人
他们一起移动，打手势，好像在交谈
南山在近处，樟树在更近处
好像都在等待什么

山顶的云动了动，起风了

春风吹过南河，河流有了沧桑之意
春风吹过梅花，落英有了缤纷之美
春风吹过我，抽走了我的木椅子
春风吹过你，你是一尊石佛

佛也有了破石而出的闪念

那几个人还在那里，迟迟不肯离去
风越来越紧。真令人担心

梅花落

没有谁愿意，在北风中笑，在岁月尽头哭
没有谁愿意，用苦寒，逼出体内的香
你在腊月的田野里，仰脸望天
望一群，来自远方的脸
谁的心里没有远方，谁就不配拥有故乡
你是别人的远方。你在别人的心里
你的心里装着冬天
白雪覆盖着冬天。白雪是你雪白的棉衣
是你反复撕毁的信
多少年了，你一直在等，等一个
毫无指望的佳期
直到春风吹来，直到落英缤纷
多么盛大的花雨啊。多么美丽的消逝
没有人在意，你只是想做自己的养料
好在下一个冬天，再一次，无缘无故地哭
泪流满面地笑

蝶恋花

梁兄，且慢。昌江徐坊，有油菜花万亩
小重山下，有鹊踏枝，摇得满庭芳
斜风徐来，声声慢，人面宛在海中央

细雨逢时。你有青箬笠，我有绿蓑衣
不如于叶阔处小憩，不如回宋朝
与君同作如梦令，忆江南

英台，花是好花，景是好景，惜无酒
就怕鹧鸪天，朱颜辞镜花辞树
就怕沁园春，满地落英化成泥

且看蓝田日暖玉生烟，越冬麦子迎春望
且看那前朝格格，垄上踏莎行
如此点绛唇，绿罗裙，恐非尘世烟火

梁兄，此等人间花事，直可消那万古愁

许君醉花阴，妾作眼儿媚

许君东风第一枝，做个鹊桥仙。长春

花　事

去年的檵花开了，又落了
墙角一树樱花开了。另一树落了
看花的人，又要等一个四季了

这是春天。看花的人染上了花病
不看花的人，看着看花人
染上了心病

昌江驮着一江心事，往鄱阳湖赶
如果你去了，还会回来吗？
我不问，你不答。江水也不说

春风也不说。春风路过一截枯木
枯木逢春，也不发芽了
它用空洞，替石头一声声喊春

断肠草躲在草丛中，悄悄开紫花
它在等，一个过去的人？

花间词

请了，公子。此处有春风十里，花十里
不如下马卸鞍，且作少年游
不如坐回画中，奴要对镜贴花黄

这里的田野真好，允许黄花开到天空下
这里的天空真大，连蜜蜂都装得下
这里的花枝真俏，蝴蝶和风都舍不得离开

朝云，今夕是何年，何似在人间？
你看那昌江潋滟晴方好，徐坊绿水绕人家
山色也空蒙，不见放牛郎

从今后，不作江城子，只作浣溪沙
任他衣巾落黄花。日高人渴，痛饮浮梁茶
你是天涯一芳草。唤鱼池，凭栏望

风声软，雨亦奇。不必定风波，射天狼

不归，不归。此心安处是故乡

南山辞

越来越喜欢南山，谦逊，木讷，胸怀坦荡
愿意接纳我的渺小

我来的时候，有时带着风，有时带着雨
有时什么也不带，只想看看你

开元寺的钟声响了，远了，旧了
一个吃了一辈子苦的女人，还在吃苦

这里的树，会突然倒下，有鸟窝的那一棵
倒的速度最慢，有一个倾斜的角度

纠缠的葛藤，边攀附，边倾诉
那只打瞌睡的山雀，路过时，不要惊动它

这里的石头，不是顽石，都有菩萨心肠

滚落山谷的那一块，是山的箴言

我知道南山小部分秘密。你来，也会知道

清　明

今天气清景明，万物皆显
一些活在地下的事物，纷纷探出头来
便于那些失了魂的人，找到那些
失了影子的人

我是那个失了魂的人，影子也丢了
我不知道是先找影子，还是先找魂
如果你看到了，请帮我找回来

如果你遇到一个失魂落魄的人
走在失魂落魄的雨中
如果你正好认识他

朋友啊，请不要大声呼喊
请你牵住他的手，平静地带他回家

城堡笔记

我们骑马进城，打算办一场不散的蟠桃会
想到地不老天不荒，就满心欢喜
你整天闭着眼睛，不见黑暗
我一心用红色手推车，运送锦绣文章

有一天金风去了他乡，玉露跌落枝头
城门破损时，你背过身去
我用一碗米汤，两块废弃的青砖
黏合两具躯壳的裂缝

后来，你红肿着双眼进入厨房
练习用铁铲耕耘铁锅，用起伏的咳嗽
清除双肺的烟雾。最后一片飞舞的雪花
消融在阳春三月

此后我们习惯于将自己搬来搬去
学会了隐藏嘴唇，侧身行走

当暗箭袭来，无处容身，你会
用身体的空洞，接纳我淤积的堰塞湖
老天爷睡着时，一起回忆玫瑰含苞的样子

现在，我们将海枯石烂，当作陈年遗迹
你说：那个焚毁的词，是一场无解的迷局
而我们，"睡前还有漫长的路要赶"

雨与碑

不用刻刀，就用细雨的针脚吧
再坚硬的石头，也能融化

再坚硬的心，也能融化
雨，是苍天的泪

你究竟要为谁立碑？为谁哭泣？
为什么只刻一个字：痛

我记得，一只尖嘴鸥在黄昏的沙滩上
刻的，也是这个字

我知道你为什么流泪了
一天那么长。一生那么短

那些相似的人，还在赶来的路上

隐　者

行走在闹市里

把影子往墙角挪一挪

来去了无痕

与菜贩子讨论一下菜价

那些脸背后诡秘的含义

他不想戳破，即使酣醉后

也睁着一只眼，静观棋局

渐入高潮

生活才是大师呢！胜负早定

无论手执白子黑子

戏台上演员好一副嗓子

好一副身板，戏文精彩呐

观众已离场，只有他鼓掌

杀伐之声从左耳朵进

右耳朵出，给小人们

留一条生路，都是活一场

街道那么拥挤

侧一侧身子走路，何妨？

在山中

来自南山的那一声晨钟，久久地
缠绕在南河之南。一只灰鸟随意落下
叫了三声，隐入矮树丛
穿蓝卡其布的男子，躬身于
一块三角形田垄，栽下六行青辣椒
一大一小的两只狗，一齐向北岸
张望了十秒钟。一前一后
转头，向山中走去

我向山中走来。小路的藤蔓
溪水的缓流，送来过去的寥寥蛩音
"没有什么是不可磨灭的"
山中风，正好用来拔除肉中刺
吹散体内的一堆积雪，一场大雾
此刻开元寺土黄色的墙静卧在山窝子
土黄色的僧袍闪过香炉
路面，碎石子拱起凸凹的影子

牵引着身体跨过许愿池，并将自身
投入到池水中。与深渊融为一体
"你与影子，互为证明"
当我跃到彼岸时，影子在水面
停顿了三秒钟，随后赶来，会合
稳稳地站在了光阴之外。这让我感到
这样的早晨太好了，这空旷的山
因为我的加入，更加空旷

遇 见

沿着小溪有声的梦境，风平滑透明的
翅膀，缓步进入
南山翠绿的腹部。在那里

昆虫正忙于搭建旷野。两只土画眉
站在弯曲的松木枝上扬了扬尖喙
一束阳光特意从山的西边赶来
只为抚摸那张毛茸茸的小脸

此刻黑麦草整齐地立于空旷的中心
依次弯下腰，依次抬起头
我感到这样的起伏就是山的起伏
我的起伏。而在这样的黑色起伏中
究竟，遗落了谁的影子？

谁的声音不愿消失？一只白眉笑鸫
从胸中掏出一管洞箫

给寂静的空山，增添了一吨的寂静
我感到对这片陌生的领地
实在太熟悉不过了

我感到是你的手正轻轻推着我
东北角一个美丽的拐弯处
两棵苦楮树构造的一扇空门，一个
空白的提示。我向那里走去

我走进了我自己

和　声

南山的一个早晨。影影绰绰晃动的光斑
恒温静止的睡眠时间

我的脚步搅动空气的负离子
开元寺土黄色的墙。跛脚的小狗
观音殿正唱诵的释果法师的大悲咒
满山张开的耳朵和嘴

一只小松鼠举起大扫把，于枝丫间
向左跳了一下，又跳了一下
风的拂尘刚好拂过。众生皆寂静
真言的金黄弥漫

此时，一只土画眉用尖喙
借助斑竹的细长叶片，吹出一串
翠绿的五线谱，插入梵音整齐的队列中
于草木间自在穿行

而那些石头的青色肉身，悄悄收敛起
体内声音的芒刺

那　时

我想在南山置办三分地，一丈水
木制的房子，杂木的就好了
要有一个小院子，三面围着竹篱笆墙
门敞着，让风光随意进出

春天，要为蜜蜂，种两行油菜花
夏天，要为青蛙，蓄一池清水
秋天，要留下几枝稻穗，便于鸟儿觅食
冬天，要为寒冷的人间，烧一堆火

土地不要太肥沃，粮食刚够吃就好了
耕牛不要再犁田，让它随处溜达好了
农具不要铁质的，便于我消磨光阴
刀刃不要太锋利，人心早已百孔千疮

早晨，我想让公鸡晚一点打鸣
上午，去亲近那些熟悉的草本植物

下午，呆在田间地头慢吞吞劳作
晚上，让月光把石头打磨成镜子看着我

如果房子一直空着，将会存在一个借口
如果你在房间里，那该有多好

山　居

我跟你说。我在南山的北山窝
找到三分地，一丈水
靠东躺着一块蓬松的石头，适宜做梦
西边就是那一池水了，适合洗脑

望北是一片小草坪，围着几棵榉木
如果那一家珠颈斑鸠无意见
目前它们对我无敌意
那只探头探脑的小麂，似非凡尘之物

我想就着地形，用那几棵苦槠当立柱
捡一些枯枝、朽木，用棕叶编起来
四面一围，构成墙体。屋顶搭成人字形
再用虫鸣草味填充缝隙

地面要抬高一尺，防止山里潮湿
门口砌三五级台阶，以缓解谷中阴气

要留五扇窗，包括一扇小天窗
便于观察外面的世界

房子大概就这样了。再添置一张杉木床
一只火炉，一口铁锅，你就可以来了
这里离尘世很远，离佛很近
希望你满意

雨　歌

雨落黄昏。落在南山的脊背上
两棵香樟并排站着，一起淋雨，静默
它们懂得山的抒情

风吹过田野，风吹过一个戴草帽的女人
田野开始起伏，草帽开始飞翔
雨，是风的骑手

我懂得为什么，有人不怕风吹
我懂得为什么，有人不怕雨淋
如果你看见一个母亲，如果她带着孩子

你来，不用带蓑衣，芭蕉叶那么大
你来，不用带皮鼓，雨脚那么急

带上避雷针吧。老天也有劈错人的时候

为诗者言

麦子，你说要拜我为师，习写诗。我当真了
为师身无长物，羞愧难当
有雕虫小技三枚，今传与你
望早晚练习，或可助你江湖行走

其一为口哨，要领是嘴空，脑空，腹中空
于空中得境，言不在多，真诚就好
其二为倒立，要领是手直，腿直，眼光直
于直中得意，实相非相，相在镜中
其三为逆行，要领是左转弯，右转弯，急转弯
于弯中得道，所谓曲径通幽，幽处有胜境

为师既已为师，亦当常洗脸，勤刷牙
也赋高山辞，也说万古愁。转山转水也转佛塔
取经路上妖魔多，为师只念经，徒儿当自悟
多用火眼金睛，少挥金箍棒，大道自然成

你看，往静处看，往低处看。诗在那里，等你

惑

我们对视了五分钟。也可能是
十分钟。在夏日黄昏的边缘
我眨了两次眼，它是不是
压根儿没有眼皮？

第二天，它静止在一团迷幻的
球形的空气中，和太阳一起
共同制造的一场迷局。它
困在那里了吗？

后来，下雨了。雨滴的小胖手
压低翅膀的亮度。时间的
长腿蜘蛛，密织的网。我将
脑袋留在了云中？

当冬天来临，一些事物逐步
消退。也有留在原地不动的，比如

大病未愈的堂伯父

我关心的蓝蜻蜓，去了哪里？

"这是一个五岁男孩的幻想"

三十年后，我对女儿如是说

抽　象

一年的时间，画家都在画象

作为具体的象，静静地站在画板前方

被一笔一画取出，移到纸上

究竟要多少笔，才能满足一头象？

"起码要有四只蹄子，才能站稳"

"起码要有眼睛，才有精气神"

"太像象了，什么都有。"参观者说

"你能让像是象吗？"批评家说

此后三年，画家又从像的身上

一笔一画往外抽

纸上的象，每天看上去都好像

更少一点，更远一点

先是毛一根根脱落，接着蹄子不见了

然后皮肤像夜幕一样消失在黎明中

露出白骨之间的关节

"你的笔比刀还锋利，一星儿肉都不剩"

画家手起刀落，将象骨解构

串成颈饰，挂在艺术家的脖子上

"为什么你只用一年，就完成了造象；

却用三年，才能完成抽象？"

这是卖肉的郑屠的疑惑

"因为造的是实象，有一个实在；

抽的是真象，只有一个虚空"

现在，抽剩下的像终于是象了

画家放下画笔，长舒一口气——

大象无象，抽象也是一个虚像呐

旅 行

白纸在桌面铺开，雪就覆盖了山川

应该有一行棕熊的脚印

但没有。它们正在洞中，撕啃鲑鱼

你拧开钢笔帽，打算

用你的脚印，替代棕熊的脚印

于是你写道——

白茫茫大地一片，真干净，有飞鸟投林

笔尖落处，黑鸟"哇"的一声直上云霄

周围二十座雪山，唯一在动的是鸟的双眼

却找不到落脚点，因为林子尚未书写

此时风透过窗户，掀起纸背

顷刻间天地倾覆，一场雪崩迫在眉睫

你侧身取出镇纸，用如来之手

压住歪风。继续写道——

鸟粪落满林中空地，截断一条未被选择的路

这是同一个诗人创造的两首诗

被许多人阅读。你也曾面对歧路

但只有鸟粪是你的创造

多年以后，有人会读到你写下的这几行文字

也会感叹这场纸上的旅行

消逝吟

越来越迷恋消逝，像是钟情于
某种暗示。悄无声息

比如老熊坡的老熊，了无踪迹
比如井底的月亮，多年前就不见了

大风吹过天空，吹灭了满天星斗
也吹灭了，满池塘的蛙鸣

站在桥头看流水的人，看着流水
消失在旷野尽头，最后自己也消失了

一个男人在田野中挥舞锄头
现在，这个动作已经被人遗忘

没有人会在黄昏时分，喊我回家了
母亲的步子，越来越慢了

列车越来越快，已经走到时间的前头了

那些慢下来的事物，都退场了

双龙谷吞了我的回声

双龙谷的青龙盘踞于双龙溪头顶
双龙溪冲开鸠岭尖饱满的腹股沟
溅出一山的青翠，晌午凉薄的宁静
当我沿着峡谷西坡溯流而上时

两棵苍老的香樟，立于路中央
相互搀扶，塑造出一种透澈的安详
几只布谷鸟在枝头模仿人类交谈
而溪流似乎无意，忽略时间

忽略一些巨大的意义。存在与永恒
那些短暂的，长着最小心脏的生命
于丛林间，展示最大的自由
这里白天不白，黑夜不黑

没有谁拥有秘密的生活，正如没有谁
替别人做主。石头决定永不开花

草木负责各自的枯荣
太阳不想漂白任何带色彩的事物

因为一些花开得过于随性，缺乏深意
于是我随意呼喊了一声
而声音并未随常识返回。一直没有
它去了哪里？

那些竖起的耳朵此刻正好无所事事
而我，无意打扰一些等待
我了解双龙谷并无恶意，愿意收纳
你不必为此感到意外

三潭枇杷满山坡

错过了三月三，瑶池蟠桃会
我们到绵潭，寻三潭枇杷
"气薄味厚，阳中有阴，治肺胃之疾"
李时珍的方子：止咳，润燥，医白肺
而无数人用三年，咳成了哮喘

还好山河犹健。新安江依旧不疾不徐
濯洗尘世大肺。为了我们的到来
长廖兴踞北吐纳，枇杷早早列队于枝头
用枇杷叶遮掩裸胸
让年轻的叶子发出尖叫

江水不再喧哗，草木平心静气
一只跛脚小狗等在路边，主动为客人引路
所有白粉虫均藏身枝叶间，不出一声
我们喘息未定，大口呼吸着一种
翠绿的毛茸茸的球形颗粒

用以吹散体内堆积已久的尘土、霉气

理顺肉体凡胎的脉息

　"枇杷黄时，村庄将扫除咳嗽"

需用柴火慢熬，加冰糖降火，成枇杷膏

专治人间顽疾，祛疑难杂症

西溪南的溪

在西溪南。我的蛮音追寻希哲君的
芒鞋，穿越五百年
江南才子题文成碑帖，附吴氏诸贤风流
引清湘遗人，泼洒八景图

而八景作古。梅溪无书屋，南山依稀
有翠屏，可见清溪涵日，不闻竹林凤鸣
西陇失了藏云处，乔木非古桐
纸上风光迁沪上。游人茫然

我作竹杖客，亦茫然。客来山源春涨
香樟流露古韵，垂绿绦绕溪岸
水到此处不作河，只作溪
溪声有山中调，有孩子气，有闲心

此刻洋洋有闲适意，正用金鱼的双眼
收纳粼光满溪。与锦鲤对视

瞳中，各自看见了自己，返回自己
在这里，众生都与我亲近

我将影子缓缓沉入水底。于鹅卵石上
听海的回声。一颗被水揉软的心

黄　昏

不宜在阳光下出场的事物
这时候，可以出场了

万物都有秩序。不提前，不滞后

如果你正好走在海边，观潮起潮落
想到春暖花开时，有一所白房子

昌南湖没有隐者，只有一只小松鼠
举着大扫把，清扫落叶

从左边，到右边。从东边，到西边
黄昏，在它的眼中缓缓升起

一个早上出门的男子，没有意识到
他已经进入了黄昏

一个用绳子遛狗的女子，没有意识到
她是一个被狗绳子牵着跑的人

所谓千秋事，不过是湖水微漾
一个性急的年轻人，一脚踏进了来世

雨落黄昏

细细的雨

是一把细齿的梳子

把受伤的天空

打理得一尘不染

雨滴亲吻着飞檐青瓦

跌落在阶前石板上

发出细细的惊叹

轻轻的

如同小鸟的清唱

惊破了这一山的寂静

和午后的沉睡

一声声，渐远渐近

渐近渐远，婉转着透明的

诗情

疏雨清静了黄昏

雨丝牵引着檀香漫舞
是谁的眼神，穿过村庄
于暮色中苍茫
像一个沉默的老人
凝视着双飞燕，在细雨中
低回

那一滴滴的雨呀
是宝积寺的经殿里传来的
不疾不徐的木鱼
咚，咚，咚
敲击在寂寞的人心上
为那些失神的躯壳
招魂

流水辞

流水什么也带不走，包括时间的影子

流水辞

流水辞

清江流到柳池，不声不响，好像
没有什么好说的了

就像那时的父亲，吸一口烟，咂一口酒
直到落日落入二墩岩，直到月亮
落入二墩岩

那时父亲的母亲，日子已经摇摇晃晃了
那时父亲的四个孩子，尚未长大
那时父亲的父亲，只留下几句遗言
在河里翻着泡沫

现在，我的母亲老了，我的女儿大了
父亲和落日一起，落山了
我知道清江为什么，到这里不言不语了

你知道为什么，我如此沉默了吧

这些年

这些年，爱上了厨房的宽容，灶台的坦荡
筷子的直率。油盐酱醋，酸甜苦辣
都喜欢，都想尝一尝

这些年，越来越喜欢流泪。不由自主地流
不知不觉地流。有时候是想起了漏雨的童年
有时候是想起了摸黑喝酒的父亲
有时候，是看多了流水

如果有三分薄田，就种土豆，地瓜，落花生
这些地下的植物憨厚，易养活，不惧风雨

如果有半壁山坡，如果山上有巨石，有悬崖
天黑前，就到那里坐坐，看落日

声声慢

这一次，摇摇晃晃的母亲，更慢了
躺在医院的病床上，盯着药水一滴一滴
流进骨头缝，流进命脉里

这一次，从来不怕的母亲，有点怕了
"建秋妈，又瘫又痴，死的力气都没了"

风中雨，一粒一粒，轻轻拍打窗玻璃
雨里风，蹑手蹑脚，悄悄绕过旧坟新碑
暗下去的灯光，挣扎一下，又亮了

这一次，固执的母亲听话了，按时打针
按时吃药，按时出神。握着儿子的手
不敢松开了

这一次，好像所有的声音，都慢下来了

一叶知秋

我站在我的位置。从春天开始
当风流过时，水也流过我的
手掌，那里横布着生命线
事业线，爱情线。一条古老的
河流，纵向穿过那片静默
我的爱情并不隐秘
我愿意轻声告诉你。轻轻地
瞬息而至，不辞而别
因绝望而生。在想象之上
如此已感到神的恩赐太多
如果我有什么事业的话，那就是
我自身。让花更大胆地开放
也许微不足道，这样的安排其实
更完美。我的美丽来自时序轮转
当深宫传出那一声秋令
梧桐应声落下一两片叶子
我知道时辰将至。水分蒸腾

生命即将进入下一个轮回

纵身扑向根部的那一刻，会疼吗？

我想即便疼，也是美的

秋　日

这是我的秋日，不是里尔克的
我不想建造房子，也不准备写信
打算让枫叶的红落入梦中
让落日踩着猫步，路过青瓦时悄无声息

河流越来越瘦了。草鱼趴在水草中
侧耳接收来自芒种的消息
猫头鹰蹲在拐枣树上辨析秋声
一只青蛙险些将眼珠瞪出了眼眶

一叶秋风，带着一队秋风
不动声色地跑过田野
稻穗将头压低了一点点
黑石包的黑石，依然黑着坚硬的黑脸

狗弓着脊背，模仿蓄势起跑的运动员
母亲将脱落的牙，扔上屋顶

大哥正用二胡声，修补谷仓的漏洞
谷粒在《二泉映月》中闪着金黄的光

是时候了。不要喧哗，不可乱语
让带血的手，捂住分娩的疼痛

十　月

十月"哇——"的一声，将大口的鲜血
吐在秋天黑色的屋脊上
起伏的镰刀，冒烟的庄稼茬
瘦弱的田野气喘吁吁，说——

我会送你一个丰收节，让那些城里人满意
簸箕里将装满黄豆，玉米，红辣椒
摆成一排，好像是随意搁在木架子上
嗯，失踪的颜色会补上

失踪的脸要回来。不能全是老人和孩子
这里是劳动的场所，要配备农民气质的人
池塘边，要有鸭群随时下来
在那儿，可以有几棵柚子树，接近成熟

这是乡村旅游，主题是——晒秋
其实是晒幸福的生活

病毒，黑暗的事物，都不能晒
越真实，越底层，越经得起晒的才是诗歌

十月，让城市的乳房趋于饱满
让晒秋的村庄，在陌生的鞋底反复喊疼

岁 月

朱庇特是个灵活的胖子，有木质的性格
不像望舒，借朱羲的光
痴望那一团盖亚的蓝。终于冷了心
最后上了岁的婚床

亿年怀胎，一朝分娩。产一子，唤岁月
天生残忍的雕刻师，从未饶过任何人
喜欢骑着白驹，自门缝一闪而过
对心存侥幸者，伸手就是一耳光

让地老天荒，海枯石烂。专治各种不服
秦皇汉武一抔土，沧海变桑田
"只需静静等待，一切都会改变"
一切的生，都在走向死

一切的有，都在走向无
而岁月擅长无中生有，让有表演腐朽

让婴儿长满牙齿，然后落掉

让大师不再是大师，让艺术家灰心丧气

因为你是唯一的大师，唯一的神。岁月

你是否可以不朽？

雪　松

如果你说，秦岭的雪只能落在北坡

我就会说，渭河一到冬天就亮了

恰似一条银项链，挂在黄土高原的脖子上

一只白鹭站在沙洲边缘，引项叫了一声

你没有说出准备好的话，我也没有

因为雪松还没有长大

我们拿着铁铲，在那里

等待下雪。等了一个完整的冬天

雪当然下了。像往常一样，下得张扬

与我雷同，与你相反

当我们各自离开，沿着季风的方向

只留下雪，在那个冬天一直下着

让雪裹紧雪松的头，不许它移动半步

后来你在诗中写道——

移动的事物不值得信任，唯雪松例外

应该允许雪，落到秦岭南坡

我在诗中写道——

那时渭河早已冰冻，它哪儿也不想去

一心守在原地，盼与雪松共白头

如果你说，银质的事物会消失

我就会说，秦岭的雪不再害怕阳光

童年纪事

父亲的手轻轻一抛
我便落到了尘世

鼓着一双青蛙眼
静观池塘雾蒸云飞
我知道那只红蜻蜓在等雨
还知道板栗为什么长刺
八月瓜炸开伤口的那一天
我们哭了一晚上，和
猫头鹰，它懂得我的心事
核桃树倒下的那一刻
斑鸠的家园就毁了
大人不知道的事我知道

有时我也会站在青峰上
看远山黑云压顶
这时山脚的村庄一片苍茫

超娃儿呐——

母亲的呼唤绕过山冈

长长的拖音里

我便匆匆迈进了学堂

那年夏天

那时我正参观蚁队游行

在放学路上，一个拐弯处

夏天突然停下来撞了一下我的腰

我失神地愣在原地

花格子连衣裙从此消失了

自行车铃声响了一个夏季

我也曾在马路口徘徊

还偷偷研究过自行车的结构

当意识到冬天已来临时

我擦除了残痕，连同小学女生的

红脸，一并锁进抽屉里

后来时间开始加速

我与世界取得了和解

再次相遇时隔了三十年

她被时光谋杀了

蓬松的皮囊裹着坚硬的语言

那个夏天已腐烂

她提到了蚂蚁搬家的事

我提到了自行车的牌子

换了一个观察的角度。很自然

礼 物

五岁生日那天。猫头鹰将一颗绿核桃
扔到我的左脚尖，顺手制造了一个小土坑
第二天，坑里装了一豆水
水里装着核桃树，枝叶摩挲着蓝天的深渊

此后，核桃壳吊在我的脖子上，晃呀晃
有时发出猫头鹰的咕咕声，夹带着风的哨音
一天夜里，果壳抱着月亮沉入大海
从此，我掌握了潮汐的涨落

"宇宙那么大，我们活在果壳里"
果壳里有隆起的山脊，陷落的蜿蜒的河谷
日月星辰眨着惺忪的眼睛
一辆马车驰过黎明的额头，将巨石碾为齑粉

我将宇宙随身携带。让它在双乳间随意仰卧
在股掌中轻轻摩擦。果壳不会碎裂

因为锤子永远不会落下。锤击的危险
已被我扔进铁匠的火炉，化为一滩水

因此世界末日不会到来。但果壳还是碎了
在我的脚底发出"啊呀"一声尖叫
宇宙没有因此发生任何改变
我将碎片装进玻璃瓶，忘了将裂痕修复

后来，核桃树死于雷电，猫头鹰下落不明
我携带着玻璃瓶，装着一个完整的故乡

海 岩

海岩姐。第一次这么称呼你
希望你愿意。秀坤说
你渡海西去了，我俗念尚重
不便为你送行
东土王多，西方佛多
既然已了天命，便出六道轮回
多好。尘世已老
而你永远年轻。多好

告诉你，边家村作为村庄已毁了
这里接近城市的腹部
有隐秘的喘息，无诗歌的鸟鸣
东方红广场的那棵雪松
你走后，将雪送上了秦岭
校园里遮天蔽日的法国梧桐，凤凰
都随你远涉重洋了。那些裸露的
疤痕，是谁的眼睛在张望？

姐姐，今后思念故国了，兄弟
会给你写信。可你的地址该怎么写呀？

冬 至

今天冬至。意思是，冬天到了
其实冬天早到了
开始时踩着猫步，后来踏着虎步
将田野，弄得一片狼藉

今天昼短夜长。我的气短，被子
也短，刚好盖住左脚。右脚稍长
只好露在外面，到夜半
听我一声长叹

父亲，你也要多保重
要舍得花钱，注意添衣加被
晚上儿子去铁道口，给你寄采暖费
火车提速了，你会很快收到

父亲，今年妈住了三次院。白了肺
折了腰，断了三根肋巴骨

她都挺过来了。她说还有舍不得的
几个人，未尽的两三个心愿

虽然人间太混账，懒得搭理

一分钟

一分钟。可以用来
呼吸十六次，心跳六十六次
苏炳添跑过六百米

一分钟。正好大风
越过山冈，潮水漫过沙滩
斑竹在夜里拔了一个节

一分钟。有人披衣上班
房门关上，工地垒起两块砖
高速列车缓缓进站

一分钟。也可能是一秒钟
或者一生，时间是块橡皮泥
我们活在果壳里

我对妈妈动过脚

一个初冬的下午，妈妈匆匆忙忙出门去

大姐用一块蓝布裹着头，跟在后面

她们计划翻越二磴岩，步行 45 公里

进城去，为大姐看病

我拼命撕扯妈妈的衣服，要跟着去

看看城市的样子

在即将出村的路口，我飞起一脚，踢中了

妈妈的软肋，最靠近心脏的地方

妈妈轻轻哎呀了一声，原地蹲了一会儿

起身牵住我的手。天黑了，下起了毛毛雨

妈妈背着我，深一脚，浅一脚

替我爬过徐家梁子，马踏水，土地岭

凌晨两点，在龙凤坝，搭上一辆大货车

我在货厢里，做起了春秋大梦

浑然不知，我们走了一条多么坎坷的路

那一年，妈妈 35 岁，我 7 岁

那一年，妈妈由长久的咳嗽，演变为哮喘

那时候，我有多混蛋，你知道了吧？

现在，为什么妈妈一咳嗽，我就脚趾生疼

为什么我会常常迎风流泪，你都知道了吧？

妈妈，我还不想过忘川

妈妈，现在是 2021 年 4 月 20 日下午 1 点

北京早晚温差约一丈六尺高

儿子体内的叛乱，已在右肩关隘处

安营扎寨，得陇望蜀

医生说擒贼先擒王，斩草要除根

贼已得势，需动霹雳手段

妈妈，那个意味深长的破折号

我懂得。儿子不敢告诉您

妈妈，手术延后半小时。我还有点时间

跟您讲：不可与来路不明的人说话

新冠虽非绝症，但羊群已入村庄

大意不得。非必要不出门

那些横着走路的，可能并非螃蟹

在大雨中奔跑的人，值得信任

罡风吹倒的苞谷杆，就不必扶正了

有人为了忏悔，正在伪装善行

妈妈，等天时好了我想带您去海边
看看那满心欢喜的蓝，谁都不用提防
今天儿子要暂时出一趟远门
万一走失了，妈妈您千万要记住
那个穿着有四个口袋的蓝卡其布中山装
摇晃着口袋里叮当作响的硬币的男孩
是您的儿子呀。我会一直站在桥头
等到母子相认的那一天

妈妈，以上这些话，是儿子对自己说的
我还不想过忘川。您不会知道

病 中

我行走在大雾中，人影绰绰
"手术很成功，病人命大"
谁在说话？谁是病人？
我拍了拍脑门，掐了掐大腿外侧
一切正常。为什么我还背着小学时的书包
作业本，连环画，带橡皮的铅笔
试卷上红色的画着双横线的分数
难道我的大学，三十年工龄
全是一场虚无？

这时传来妈妈喊娃儿的声音
我想起我是跟着妈妈来赶场的
我们在雾中走散了。我跑起来了
那边有一条河，一座桥
那是回家的路

妈妈，如果您找不到我

千万不要着急呀。我会戴着那顶

钉着一个红五角星，带有硬内衬的绿军帽

一直在河对岸等着您。您来的时候

一定要认出我来呀

秋风在母亲指尖吹呀吹

白露未晞，风乍起，纺织娘浅唱
稻穗依次点头，弯腰，致意。多谦逊

风说：来来来，送你一曲《秋夜思》
听无边落木萧萧下
听茅屋为秋风所破歌
迁徙的鸟，从季候的缝隙飞进飞出
谁见过，那古旧的人迹板桥霜？
谁心里，正溢出裂帛余音？

风声，雨声，碗坠落的声音
有人在田野点燃了火堆，跳起了舞
海岩挥了挥手，作别秦岭九月的白头
天转凉，请说出带暖意的话
请裹紧身上的单衣
此刻月亮碰巧路过窗口，照亮一个

安静的侧影，正为我缝制心的棉罩衫

秋风，在母亲的指尖吹呀吹

我想找回一些过去的小毛病

我常常努力睁大左眼，因为它比右眼小
使劲儿伸长左腿，让它与右腿一样长
十分钟舔一下嘴唇，让鼻子通一次风
灵魂不定期出窍，目中无人

"一身毛病，叫人好奇怪"
母亲怜爱的偏方，只治标，不治本
后来我用奥林匹克精神，攻克身体顽疾
用辩证唯物主义方法论，修正精神偏差

主席台上。会议桌旁。云里雾里
走猫步。戴面具。露出八颗牙的微笑
说客气话。吃标准餐。流水线作业
跟着别人，从同一个模具走出来

而我还是想做一个不太雷同的人
有一些不太坏的小毛病

比如吃饭出声，丢三落四，跷二郎腿
我想将它们找回来，以便母亲唠叨

以便母亲说："这么大了，还改不掉"
如果太好了，母亲不习惯

我对父亲说过硬话

父亲又在责怪母亲了

说她不讲道理，像黑石包的石头

说她的牙齿，能咬断铁钉子

他没有意识到，儿子正在另一个房间

当我出现在他面前时

说了一半的话，硬生生憋了回去

"一个扛不起家庭的男人，没有资格

指责别人"

我的话字字千钧，重重砸在

一个会拉二胡，会背诵《增广贤文》的

老农民的头上

他低下头去，愣了一会儿神

端起青瓷杯抿了一小口茶。手微微发抖

杯子倒了，茶水、茶叶洒了一地

他起身，用一条旧毛巾吸干茶水

用一个塑料袋装上茶叶

穿鞋，出门，关门。没说一句话

此后，他再也没有责怪过任何人

此后，我落下了病根——

每到清明就犯过敏性口吃，不能言语

五粮辞

你来，不用带牛肉干，花生米
带上仆仆风尘吧
带上你一肚子的纸短情长

我已在南山脚下备好一坛酒
装着明月夜，短松冈
还有十亩茶花，一亩我们话过的桑麻

火炉已架好，残留着三十年前的灰烬
和你焚烧过的半册诗稿

兄弟，干了这杯酒，等于喝下了
红高粱、黄稻谷、春糯米、冬小麦
还有我亲手种的胖玉米的精华

半生已过，不必再跟北风较劲
不必非要搬走门前的大山

草愿长多高就多高，花想开多野就多野

兄弟，我知道你又想起冰子了
我知道你此刻有点儿伤感
想哭就哭吧，我不会劝你

你看天上的风，吹走了浮云
你看南河的水，载走了落英
多少人和事，就这样被带走

如果你想醉，我陪你一起醉
如果你想睡，我就挨着你睡
直到太阳升起，直到月亮升起

直到我们终生热爱的土地，将我们收走

原　谅

那时年少。舌的强弓
常将尖锐的词，射向
木质的你
我初涉江湖，顺风顺水
尚不懂得，水也会
包藏祸心

后来，挨了真话两耳光
受了执着三棍子
"忍一忍，就好了"
我忍了。直到将你
送上山，躺倒在
爷爷脚下

父亲，您头上的荒草
青了。黄了。枯了
又青了。我一次又一次

长跪不起

始终没有说出，那句

磨圆的话

而您的脚下是旷野。留有

我的容身之地

与父书

父亲，今天农历七月初八，处暑
瓷城早晚微凉，中午微热
前年的那场大雨，已浇灭了
儿子体内的火。余热还有
打算在小康的路上，再跑几年
后背的长腿蜈蚣，已毒性尽失
毒可攻毒，亦可攻克睡眠
几个尚未实现的愿望，不想强求了

听说老家还在下雨，比往年大一些
斜一些。石板坡又滑坡了
路不好走，千万不要失足
这些年高风盛行，苞谷刚灌满浆
就被风收了。明年可多种红薯
地下安全，没有邪气
磨盘水那三分水田，就让它抛荒吧
村庄的鸡鸣，早就荒了

抽烟预防流感的话，不可信
酒是粮食精的话，不可全信
公鸡打不打鸣，与人的病没有关系
村里修路的事，不必太操心
松动的牙齿可拔掉
上了年纪，吞进肚子不好消化
千万注意骨头的裂缝，一旦漏风
会凉了五脏六腑

父亲，以上这些话，不能当面说了
下次回老家，儿子烧给您听

爷　爷

爷爷的吊脚楼，将脚吊在铺子包上
落入后河扭动的左腰间
二墩岩蹲在河对岸，便于爷爷
摸黑淘洗生活的尘垢，在月光下想象
白雪覆盖的少女时光

二十年后我才知道，爷爷曾经年轻过
曾经用胳膊粗的长辫子，缠住了
高山上采药人沸腾的目光
那一年药材成精，需用雷火压制
山与火的对峙，人与妖的较量

"哪有什么妖嘛，只有捉妖的人"
从此后河水日复一日打磨卵石的镜子
爷爷渡河时，看见满河床的眼睛
流着泪，望着天
摆渡人脸如石佛，一言不发

而我竟来不及问爷爷，为什么我不能

叫您一声奶奶，像别的孩子那样?

二墩岩的白头，早就返青了

女儿的笑

那时你多小呀，爱在我的掌心奔跑
有无缘无故的快乐，透明的笑
孩子，你忙着将夏天装进玻璃瓶
好在冬天暖你的小脚丫
你为你的想法，笑到月亮缺了牙
你把自己藏进明晃晃的想象里
画了三天"我的爸爸"，像极了
皮影戏的木偶
你说小鸟叫声清脆，是因为嘴尖
鸭子只会"嘎嘎嘎"，因为嘴扁
这一次，你将夕阳都笑傻了
愣在二墩岩头顶，忘了下山
当春天来临时，你将欢乐的种子
与雨水一起种在楼下的草坪上
如今已与奶奶的桑树苗一起长大了
每天早晨，爸爸推开窗户
迎面就接住了，山画眉的笛声

我知道，那是你的笑

孩子，你要是不长大，该多好！

有福气的人

整个下午，都在羡慕一匹马
被一个好看的女人骑着。钉了铁掌的蹄子
"得得得"地走过青石板路

一个拖着拉杆箱的姑娘，沿着瑶河一边走
一边向路人打听着什么
被一双木格子窗后的眼睛看见了

起风了。密密麻麻的雨脚，从东边赶过来
一对双飞燕，回到屋檐下的灰泥窝

一群白羽鸭来不及成行，被雨珠打散了
它们并不慌张，还在不紧不慢地划水

此刻谁在淋雨，碰巧接过一把递过来的伞
谁就是天底下最有福气的人

我是那个淋雨的人，正好遇上走散了的你

我的棉麻衫，做了你的蓑衣

白 纸

光线一根一根退去
你的画笔悬停在空中
迟迟没有落下

是的，已经小雪了
雪没有来。病毒来了
此刻瓷城静默，窑火熄灭
青花立于高处
一步一悬崖。而寂静处
一面蓝盾正快速移动

由此你相信
"白纸并非空着，
只是那里正大雪纷飞"

待到如椽之笔落处
那里亦将涌出缤纷河山

田野中的男人

一个男人在田野中央，挥舞锄头
用衣袖擦汗。停下来，向远处张望

他好像在等什么，他肯定不是在等
这趟飞驰的高速列车。他等的，一定是
他能用手接住的什么东西

我不是他要等的人。我有自己的归处
这里没有车站。如果他在等一个人
那个人，一定不在车上

那个人，可能正在江汉平原的水田中
除稗草，杀稻纵卷叶螟。也可能
他在等一个女人，做好了午饭，用提篮提着
穿过田埂，摇摇摆摆走过来

我这么想的时候，那个男人已经弯下腰

缓缓隐入稻丛中，然后看不见了

他肯定没有看见我

一个稍纵即逝的人，一张苍茫的脸

空旷辞

大风带着一队小风，从南山西口鱼贯而入
一只滑翔的灰鸟，是御风的行者

天空越来越高远了，淡然了，慈悲了
地上的生老病死，它都不反对

同意南山站在旷野边缘，随意勾勒天际线
同意南河用时光，将顽石磨圆

一只大头蚂蚁向天空扬了扬触须
沿着南河南岸，向南山进发

作为遗物的那只小黄狗，坐在
老大爷坐过的木椅子上，看流水流过桥墩
眼睛里，有万年的孤独

旷野有百年的孤独。你也是

高山辞

过了宜昌，高速列车一下子
慢下来了。它也怀有对大山的敬畏

这里的山高，路陡，云低
飞过山头的鸟，比走出大山的人少
飞出大山的鸟，在土家歌谣里

我是走出大山的人。在瓷城禅师山
见到过一只飞出大山的鸟
口里含着蓝茶杯

1983 年 5 月，梅二姐出嫁的那一天
在陪十姊妹的长条木桌上，姐姐的
蓝茶杯，被我打碎了

一对八哥朝南飞走了。它们沿着河谷
飞出了峡江口，飞到了江汉平原

大山里的人，找到新的出路了

现在，姐姐就住在江汉平原
已经儿孙满堂了

入山岭

大风吹过山冈，大风吹走了我的亲人

人山岭

人山岭的水田

人山岭向南的斜坡，约 15 度的坡度
天然缺水。这里的人
天生缺粮，缺大的胃，缺活的理由

因此，它的存在仿佛一个幻觉
好像它本来不应该存在
好像它的存在缺乏足够的证据

而它并不急于证明自己，没有谁
打算这么做。世界在它的周围
它成为世界的一个小空洞

但它并非空着。我的祖父去过那里
后来是父亲，我和小黄狗
秋天，金黄的谷穗颗粒饱满

母亲拖着板斗，在红月亮下打稻子

将稻捆码成锥形的垛。雪白的米粒
像虫子，躺在大碗里，闪着白光

这些年，与它相近的事物渐次消失
人山岭依然缺水，缺人

幸好，世界还在。荷花依然记得我

北风垭

北风从北方，一路赶来

先到三步岩，瞭望一眼清江

然后向南，过熊洞坡，扎鱼岭，后槽

再向南，就到了北风垭

这里是北风必经之路，只有一户黄姓人家

五口人，一条耕牛，一只黄狗

北风会在此歇歇脚，打打哈欠

顺便将枞树林的头，摇得哗哗响

将青瓦片，扔下一两匹

将大黄狗的眼睛，吹成一条缝

黄老五略知天意，他劈柴，推磨，焚香

想从北风口中，打探哥哥们的消息

大多数时候，北风守口如瓶

个别时候，松一松口，透露一点风声

大部队从北方压过来，好像有急事

没有谁会与北风较劲。那么多的鸟

匆匆赶往南方。那么多的树叶

纷纷离开枝头，收回自己的光芒
北风走后，老五的脸上多了几行脚印
后来，北风吹走了大黄狗，老水牛
再后来，吹走了老五一家五口
现在，只有北风垭还在原处。等北风

非燕岭

好像有一个长久的等待，让我们来到杨村
好像有一个异乡人，携带着你的名字

非燕岭一直在那里。这些年有了山茶
山茶开了花，结了籽，走进了厨房
好像你的一生

忍着三生的苦。非得雾里插秧，雨中取火
顶着疾风、闪电，不肯移动半步
等候一个，没有消息的归人

我不配模仿你的生活。雷鸣有时落在
左肩，有时落在右肩。而我的心
太小，装不下万里河山

因此我匆匆地来，匆匆地去。甚至来不及
看清真实的人间

山茶赋

驱车往南，经水口，打马岭，是鲇鱼山
再往南，过沙洲上，陈家坞，就到了塔前

在非燕岭，我们眼里有百亩山茶，万顷薄雾
细雨落在花瓣上，落在三只狗的绒毛上
落在异乡人的峡谷里

你说山茶一生凄苦，抱子怀胎
我说巴黎的茶花女怀抱茶花，一生洁白
壁炉里的火苗，不断点着头

姐姐，明年春天，我还想再来看山茶
我想看看茶花高兴时的样子
如果还有春风，如果雷雨不曾毁坏上山的路

姐姐，其实我的心里有一亩桃花，万亩黄连
我不说，没有人知道

翻新的旧时光

金嬷嬷在老水井淘洗一件旧衣裳
羲和女在白岩寨峰顶练习打坐
陷入冥想的猫头鹰目光宁静
捣衣棒长一声短一声说着心事
站在拐籽树下的二哑巴
扑哧一声笑了

阳光晾晒下的旧衣裳正一寸一寸
现出纹理还原成新衣裳
新衣上身意味着返老还童
金嬷嬷松动的门牙也能嚼腊肉了
说着说着陈年旧事就涌了上来
旧时光也能翻新呐

你看此时阳光晾晒下的金嬷嬷
是不是正一步一步退回到
少女时光？干枯的指尖

是不是正活泼泼返青发芽？

金嬷嬷知道所有的前朝遗事

就像二哑巴熟悉所有的草药山冈

因此金嬷嬷擅长用回忆理疗旧伤

二哑巴专于用听筒治疗暗疾

老水井

小时候，它就在那里
实际上爷爷出生时就在那里
它似乎从来没有年轻过
一直老着。等着谁

淘米。洗菜。清洗生活的尘垢
水牛踱过黄昏来到水井边啃草
月四哥趴在井口青石板上畅饮时
曾与一条水蛇对视

后来村庄通了水泥路，自来水
水桶蹲在灶屋的一角散了架
通往老水井的小路长满地皮草
而它一直守在原处

其他的事物都挪动了位置
包括小男孩，核桃树，猫头鹰

那一年发小去了南方
从此杳无音信

也有没远去的。包括母亲
红蜻蜓，凤尾蕨
每月十五，月亮还会将大红脸
沉入井底

打捞遗落井底的村庄旧事
偶尔发现一点隐秘

老　屋

老屋太老了。已退隐到墙的深处
留下一身石质骨骼，支撑
日渐空旷的躯壳
母亲的咳嗽声拨动黎明
接着是鸡鸣，虫语，土地翻动的声音

此刻老屋站在那里。我的意思是
它躺在那里，躲在旧时光的阴影里
它在想什么？
核桃树的疤痕藏在暗处
枝叶已腐烂，归于尘土。根系庞大
伸入石头的缝隙，悬着一线呼吸
牛圈取代香火的旧位子。河内堂上
端坐的先人，看蜂鸟掠过晨光

而土地荒芜，炊烟消瘦
竹篱笆墙伏身。那张纸还在

字迹潦草，含义清晰
一个词刺痛了父亲的心，也灼伤了
我的心。多年了，悔恨的句子
始终停在舌尖上。因此现在的我
每磕一次头，心就刺痛一次

母亲喊着我的乳名，我知道
晚饭时间到了。这时门口传来
轻微的脚步声，踩着熟悉的节奏
十二年了，原来父亲一直未曾离去

老照片

牛拉着铧，你扶着犁
身体弯成了一张弓
射手的姿势牛气冲天呐
弓在慢慢拉满
终于，在一个六月的下午
弓与射手合谋
将你的魂射了出去
落在一条十二年后的河岸

山顶的晚照是冷的
后面紧跟着黑漆漆的长夜
你的赤脚流着血
像一枚印章印在土地上
泥土堆砌了你的一生
也堆砌了牛的一生
你看着牛尾巴的时候
牛正看着远山

牛的脾气跟你一样

相信有脚就能走出路

土地被翻过来又翻过去

脚步像磨盘周而复始

你们把自己做成了肥料

荒草却侵占了庄稼的领地

希望在地里一茬一茬地长

灯光在路上一段一段地碎

那些相依为命的日子

如今就挤在记忆的薄纸上

背　篓

驼着一轮巨大的红月亮
背篓转身，攀上葛藤状的山路
走进七月风的呜咽里
肋骨碎裂的声音布满夜色
刺入母亲凸凹的脊背。疼痛
提示活着的真实

陪着一样老去的母亲
坐在老屋的门槛上，回忆
曾经惹人的花样年华
扎着长辫子的母亲呐
那些年，把生活装进背篓里
连同我和姐姐破碎的童年
挺直的腰身，一天天弯下去
向着土地不断逼近

母亲的头总是藏在背篓下面

矮小得让人心疼

声音也没有高过背篓，软软的

怕伤了别人

"善人有善报"，母亲说

"这不是迷信，要信呢"

蓑 衣

蓑衣振翅

雨落在焦渴的苞谷林

知了的智者之音归隐

四处响起畅饮声

苞谷林向天空，抽出

洁白的天花

我的脸贴着父亲的胸膛

父亲的背脊贴着蓑衣

雨滴用细密的针脚

为土地缝补饥渴的裂缝

父亲的蓑衣，我的屋顶

掩着一角潮湿的童年

如今，屋顶的炊烟太瘦了

苞谷林太瘦了

土地太瘦了

蓑衣熬干了一生的水分

瘦成一枚蝴蝶标本

钉在老屋香堂的土墙上

日夜守望着门前的苞谷林

在夏天伸出阔大的手掌

摩挲着父亲的长梦

苞谷林开花了

苞谷林开花了
在天刚刚擦亮的时候
消息穿过土屋老迈的双眼
射向大梦初醒的长天

真的。苞谷的花开在头顶上
一大片，如同等待哺乳的婴儿
齐刷刷张望着天空裸露的敞怀
晨曦透过薄雾直垂下来
给苞谷林涂上了一层淡淡的油彩
猫头鹰瞪圆双眼肃立在树桩上
公鸡顶着巨大的红冠不言不语
田埂上，流动着细碎的心跳

桌子已安放在土地中央
灶灰在竹簸箕里上下起伏
母亲的手向苞谷林轻轻一扬

就扬起了一家人纸薄的希望
天空俯脸轻抚着开花的苞谷林
苞谷林转头，整齐朝向山顶的红光
望着那枝最高最白的小花
瘦弱的愿望就在我体内哔剥作响

这是一个微醺的早晨
爷爷正躺在苞谷林的土地里长睡
"真威武，像列队的士兵呢"
父亲的话透着太阳烤焦的味道

池　塘

那里有菖蒲，折耳根，红蜻蜓

细腰的绿斑竹哭花了脸

就在小路伸向枞树林深处的地方

我和山羊一起喝过水

那时我的幻想大约一吨重

远远超过一个五岁男孩的体重

必须在太阳落山前赶到池塘边

坐如一块岩石，等待

斑鸠的降临。夕照刚好斜泼过来

一个六口的家庭，临水梳妆

相互整理羽毛，轻声说着闲话

好像我并不存在。它们

无声无息，整齐鼓翼离去

剩下我呆在那里，静观池水生烟

那些从池底咕咕冒上来的水泡

好像是谁，在吐露真言

于是我将耳朵伸了过去

然后滑入了深渊。多年了仍

无法确定，事情是否真的发生过

五岁那年我便远离了水，却将

池塘留在了体内。并从此落下了

失神的病根

黄四郎在偷偷啃食夜色

五岁时，我可以听到一些
大人听不到的声音
比如月光的窸窣，蟋蟀的喷嚏

一个深秋的深夜。我望着窗口的
月亮，月亮周围的空白
墨汁从四周缓缓填充过来

后来，我听到了咀嚼的声音
有滋有味的愉悦的气息
夜色顺着窗户的木边框向下滑动
像是谁在扯动一条黑丝巾

扯动我茫然的眼睛。在那里
竹篱笆墙与土墙的夹角处
黄四郎正用上肢拨动月光的细弦
用尖嘴啃食夜色，掏空黑暗

一幅陶醉的样子，满足的神态

我伸出双手，试图模仿
四郎的动作。夜色停在我的指尖
好像一下子，瘫痪了

二哑巴与冬天的夜不断邂逅

那一天银钟提前挂上天空嘀嗒作响
二哑巴看到，柱状的犬吠正从山谷升起
他拿起镰刀，转身投入竹林

这个冬天，很多人走了
只有他清楚，下一个是谁
他抬头看了看天，不想把天机戳破

因此他不断转身，不断与夜邂逅
究竟第几次了？这一次依然相视不语
锋刃闪动，竹篾的呲呲声
静静地游走在房前屋后

他知道结束的动作，必须赶在天亮前
鸡鸣三遍，大伯父最后看了一眼人间
夜退场时，二哑巴走出竹林
背着竹背篓，竹斗篷

此时，竹斗篷就立在大伯父的坟头
竹背篓里放着土豆，红辣椒
一瓶苞谷酒，一捆叶子烟

依旧憨厚，浓烈。仓廪实而知礼节
这是祖训呐，切记切记

二哑巴开口说话了

二哑巴并非天生哑巴。三岁时
他用耳朵体验一场火灾，先是丢了
声音，接着失了语言。他牙牙
学语的样子，成了过去时

此后并非装聋作哑的日子，均是
正在进行时。二哑巴掌握
庖丁解牛的技巧，擅长用眼睛
听风读雨，用耳朵装饰门面

子鼠年中秋，二哑巴乘着夜色
悄悄进入斑竹林。一只失眠的八哥
一个喃喃自语的哑巴
在圆月下展开的一场对话

草木、斑竹集体长成了倾听的姿势
若非八哥多舌，戳破天机

二哑巴本不必用篾片转动群山
以抵消黑鸟降临的风暴

两年后羊群进村。那些火焰低的人
不断渡江西去。金嬷嬷断定
日子已被动过手脚。当时辰到时
风将自动缝合村庄的裂缝

开过口的二哑巴陷入更宽阔的沉默
八哥逐渐丧失了说人话的能力
一场哑在斑竹林的对话
至今悬在那里

乡愁是路过冬天窗口的鸟鸣

凛冽的固体的寒冷抽打着
从北方一直追赶到南方
我的窗口对着南方之南
风衔着鸟鸣经过这里的同时
北方之北的气味也抵达这里
拖儿携女的鸟父鸟母瞳孔里正
大雪纷飞

鸟儿鸟女没有乡愁就像那年我
跨过峡江口北上长安。后来
折返长江一路向东走向远方之远
入海口用宽阔收容了激流
时光用锉刀剔除了我的尖刺
当中年的疲倦席卷而来时有人在
茫然四顾

鸟群由北向南时我正由东向西

雪从大兴安岭赶来落在交会点上
于是我推开窗户
伸手接住了冬天的第一片雪花
镶嵌着鸟鸣。一克乡愁
我必须在大雪封山前赶回故乡
母亲已为我点燃火堆是担心
归途上冻

核桃树也有悲欢的形体

我说的，不是一本印刷体诗集
是真正的诗集——一个悲欢的形体
最古老的联盟，树洞与猫头鹰
家族与土地。苞谷年年开花结果
核桃树呢？做不了房梁，棺材
唯一能做的是活着。无用之用的哲学
那些有用的，都先后离去了
包括父亲，水田，时光

那时夏天还没有结束，草地有
刚割过的味道。核桃树为我准备了刚好
二十摄氏度的树荫。时间还多，足够
用来走神。想想蚂蚁搬家，生字默写
同桌女生的白胳膊和枝丫间的宇宙
甚至想到世界不过是
挂在树上的一个小鸟窝
我想把多余的果子送给鸟儿

必须自己向上爬。沿着粗糙的树干

树枝的旋转楼梯，直到树冠

在那里，在这么一棵大树的中心

有伞状的欢乐，固体的悲伤

我们共同制造了飓风，漩涡，迷幻的魔术

摇晃的树枝，陶醉的男孩

由此我的愿望站在了高处。我们约定

它替我守住故乡，我替它行走远方

核桃树是一个失火的正弦函数

那年夏天，风吹不吹，我们都悄悄灌浆
花格子连衣裙掀起的季候的风暴
蝉鸣制造的眩晕。核桃树用老迈的树干搭建的
一个正弦函数，具有理想的曲线
她在等式的左边，一个惊恐的因变量
我在右边，一个高烧的自变量

"你不能取个无理数，因为我想得个正整数"
函数的周期性，暗合她的生理周期
蜜蜂在栀子花间飞进飞出。黑枝条上
两只螳螂正在演绎爱与死亡
从谷雨到谷黄，我是一个发烫的错误

她轻声哭泣着，看见血玫瑰在白手绢上盛开
两颗多汁的紫草莓，在我的舌尖熟了
两个灰烬般的整数，合成一个假分数，缠绕着
从弦的上方，向波谷坠落

核桃树用阔大的手掌，平衡了函数的动荡

"那个夏天纯属虚构，因为那个函数没有极值"
三十年后，她对我如是说

猫头鹰的美学

将猫的头装在鹰的身子上
由此比鹰多一份雅量，气量，沉着
比猫增加了高度，速度，美感
天空与陆地的组合
人与神的创造。所谓天命玄鸟
号鸮，名猫头鹰

立于夜的顶部。安静如一只瓷瓶
没有什么声音能将它穿透
披着褐色或铜色羽绒衣坐在树杈之间
两只眼睛在树叶后面，裂开一条
黄色的缝，依次是稻田，群山，森林
静止之美

藏于高处的惊险。鼠辈也要偷生呐
隐隐草蛇灰线。一颗头于暗中
不停转动，一克风也能触痛夜的神经

绷紧的肌肉，拉开的强弓
疾如离弦之箭，划开夜的肌肤
速度之美

动与静的极致转换。昼与夜的旁观者
猫头鹰的美学

茅古斯的献祭或山神

拨铺卡步入摆手堂时，岩鹰正好展翅
脚步将大鼓声赶入峭壁
在那里，踩出一个巨大的洞穴
桂花树高大的躯体停止抖动
正在挖土撒种插秧的人们，整齐收回
甩向四面八方的手

牛头代替先人坐在神堂上。牛角张口
吹响出征的号角。木箭如雨
滴落在大山深阔的枝叶上，隐了回声
这个场合，身为祖宗也得出场
尝尝山果品品苞谷酒
后人好意不可辜负。都是礼数嘛

茅古斯已占领廊场。他们的稻草衣
掩着昆虫，发出窸窣声响
男性的骄傲挺立着，冲天辫高耸

刺破夜空。天眼里，流泻出星斗的光晕
一圈圈，洒在松柏的静默上
笼罩着茅古斯。双肩抖动，醉步进退

扫把一挥。一切瘟疫鬼怪扫除干净
将平安托付给祭拜祖先的膝盖
请五谷神喝一盅，谷仓满，饥荒走
家族繁衍拼的是雄性气息的浓度
打铁打露水刀耕火种收粮打粑粑接嘎嘎
山神在暗处看着笑了

这是山神的谕示。那时先人以树皮为衣
与猛兽赛跑。也是兽一类呐
手或脚向石壁一甩，抓住了
意味着果实和胃。意味着死里逃生
摆手的动作进入遗传基因里，成为
土家人生命的一部分

巴普嘴唇轻启。先人的秘语蜂飞

奇形怪状的符号省略主语谓语宾语

石头的语言山外人不懂

神堂上牛睁开巨眼，露出虚拟的神态

此时白岩寨笔峰肃立，酉水水族无言

青山古松一副写意的样子

蓝色的双手摆起来

是时候了。月亮躺在水缸里
红着脸。大风跑过山冈
稻捆排着队列，闪着金黄的光
谷粒饱满，玉米淌出酒浆
是的，大地托举着夜色
正好接住星斗满山庄

是时候了。蓝色的双手摆起来
铜锣吼一声，疯水河涨一尺
木鼓喊一腔，两河口落一寸
水族慌张，踩上鼓点过滩
鸡群归笼，整齐摇着红冠
白虎山。青岩兜。骨缝咔咔作响

蓝色的手摆向左边。黑石包点点头
蓝色的手摆向右边。吊脚楼扭扭腰
摆手舞起。溜子敲响

151

西兰卡普，火焰上开出夜半花

阿妹的手挥在蓝光里

阿哥的手印在雄峰峭壁上

摆手堂上。石板长坡。清江两岸

蓝色的手掀起了层层细浪

大地微微颤动。天空轻轻摇晃

蓝色的手搅起迷幻的漩涡

先人坐在香堂上。灶神立在铁锅旁

蓝色的手蓝了夜幕。醉了群山

山里响起二胡声

我的回忆：过于寂静的山
无法触摸的核桃树，密实的夜
谁在给予抚慰？

可能的场景：一个男人
一头水牛，一张磨光的橡木犁
一场周而复始的耕种

白鸟无声滑过白岩寨峰顶
双翼搅起的微小风暴
扇动水面一圈圈散开的波纹
池塘底部翻起的水泡

二胡声响起时，独峰率领群山
集体处于静止
《二泉映月》覆盖的村庄
一床纯棉的被单

那巨大的空，需要多少飞沙走石

望眼欲穿才能填满？

这声声长调，是要驱赶谁

体内的空旷？

此刻：大哥的指尖，颤抖的蛇皮

缓缓抬升夜的高度

月下浣衣的金家媳妇，失了魂

灶神归了位

穿长衫的阅读者

那些年天空还很干净，每棵树都有
一张古意的脸。当蝴蝶与油菜花
靠在一起时，可能是一行诗
几个澄明的句子

我想大声说出来。而五岁的心空着
任火鸟进进出出，语言正在发芽

一个声音，一种生长的藤蔓
缓缓缠住了我的双眼。在那里
人山岭向南的斜坡上。一个长衫人
左手执折扇，右手牵山羊
潺潺的句子，午后的金黄。轻轻地
拽住我飞翔的白羽，催熟了体内的
半罐花蜜。微小的晕眩扩散开来

我看见，人赶着羊，山驮着云

一起进入一幅长卷，好像属于
过去某个时代

后来，观察长衫人成为童年的顽疾
我替他拓展了阅读的领域，包括石块
猫头鹰，星斗后面的深邃。有一次
他甚至阅读了我的眼睛

以后我也成了阅读者。只是脱去了
长衫，一副火急火燎的样子

指月亮

那会儿的月亮比这会儿大
我比现在小。如果沉睡
 "指月亮的男孩,耳朵会被割掉"
那一晚我睁大眼睛,看昼夜
交替。接连三天。你无法想象
一个一年级学生
经历了怎样的黑暗。直到
被黑暗彻底吞没

后来,我的耳朵留在原处
生冻疮。感染炎症。偶尔罢工
而疑惑生根:我指过她吗?
那个夜晚,是否真的存在过?

也许村庄过于古老,语言的秘密
已公开? 头戴的白纱巾
不再需要用孩子的手指,确认

逝去的童真?

四十年后，曾用右手食指
指过一个石面人。我的帽子丢了

地名学

黄家垭只有三户姓黄的人家
谭家塆绝大部分人姓谭
沙地无沙。有顽石，有掺沙的方言
柳池无柳。有池塘，有漏风漏雨的日子

爷爷住的铺子包，铺子早已成为传说
一个孤零零的土包，立在黄昏
吊脚楼也不吊脚了，因为后河水
落了冤魂，不能摆渡西行的众生了

老熊坡的熊，只听说过，没有人见过
石板坡的石板还在，坡还是那个坡
老枞塆的枞树，委委屈屈长不高
龟山的头，雄风不在

北风垭吹得最多的是北风，偶尔吹南风
两河口其实有三条河

大岩洞的嘴越张越大，近年哑了口
中间坪接纳了清江水，太平了

而人山岭一直在那里，坚持人的立场
人都去了哪里？

过了断桥就是黄家峁

你在教室里演算方程
教室在黄家峁静静淋雨
我顶着风，冒雨向黎明蹒跚走去
想着书中轻声的咳嗽
一个断桥般的含义

我站在断桥边
有四个口袋的蓝卡其布上衣太空洞
"跨过去，那不算激流"
真的不是。当我看见
燃烧的你，耳中风嘶马鸣

那时清江未解冻。我不想修地球
当南风送来新燕的耳语时
你知道我会回来
大雪那天，你将一匹的确卡
塞到母亲手中

过了断桥，就是黄家芇

我坐上那一张布满暗疤的松木桌

粉笔灰自你指尖落下。像雪

黄家茆的二元二次方程

那一年黄家茆的雨，比哪一年的
都要细一些，薄一些
风的小铲，将墙皮从教室内部剥落
数学老师在黑板上写下一组二元二次方程式
我们像两个未知数，等待赋值

天晴了，我在操场上踢足球
她在看台上，一会儿看球，一会儿看天
她看球的时候，觉得我像一个心疼的小数点
她看天的时候，觉得体内正涨潮
而我冰封的皮肤，尚未解冻

她决定用手电筒照亮方程内部，以解开混沌的
二次元。我打着喷嚏，为她背诵乘法口诀表
她借口取走我的校服，在寝室熄灯后
用柠檬香皂，覆盖了陈年汗味
"真是一个臭男人。"她的语气像罪犯

一根长发，留在校徽的图案上。像蛇

后来的事实证明，我们是方程的两个解

正好一正一负。中间隔着一个原点

荒凉调

总有一条不会干涸的河流，给人安慰
总有一种荒芜，令人动容

凝视是必要的。到处都是静止的沉寂
到处都是，时间驻足的痕迹

一只灰鸟，落在一截断墙上
它的眼里，没有废墟

它的祖先眼里，有炊烟，有吃草的牛羊
有跳格子房的小翠，看着拖拉机
突突突地驶过马路，扬起一阵灰尘

现在，小翠远嫁了，能走的都走了
不能走的芭茅，占领了整座村庄

能爬的蛇，在芭茅丛中出没

能跳的青蛙，扑通一声，潜入死水塘

返乡的人，是一座行走的荒原
没有鸡飞狗跳的地方，不是故乡

白 云

一朵白云，从另一朵白云中走出来
另一朵白云拉着它，好像母亲
舍不得孩子离家

它还是走了，一步一回头
轻飘飘的，好像一个空袋子

好像有什么心事
不想走。不得不走

一直走。一直走。一直走
走到白岩寨的头顶，不走了

挂成一面经幡，微微晃动
周围的山峰低下头来，都是诵经人

羊

春节回老家，遇到一只羊
在人山岭南坡吃草。草已枯萎
它依然吃得有滋有味

一片云从北坡飘过来，落在它身边
它们一起移动，一起吃草
更多的云从四面八方飘过来
覆盖了整座山冈

我站在路中间，感到天堂也不过如此
我犹豫着，要不要走过去，要不要
提前告别尘世

但我无路可退，只能一条道走到底
如果走到黑，就到家了
我走过去的时候，它们整齐地抬起头来
然后跟着我，一边走，一边喊

妈——，妈——

这让我想起小时候，我也经常喊
妈——，妈——
我的声音在人山岭回荡
母亲答应一声，就神一样出现在我身边

现在，我已年过半百，离家两千里
想妈的时候，不知该向哪里开口

一念众生

生活是一个比喻，世界是一个镜像

一念众生

生活是一个比喻

这是大地的艺术。在寒溪村

没有屋顶的乡村美术馆

大地之灯立在山丘上

黄昏红着脸，光线透着寓意

穿过我，草黄，艺术囚徒

和来来往往的游人

勾勒成简笔画的点，和线条

有人在摄影，采松果，低声交谈

风在与落羽红杉纠缠

一个扎羊角辫的小女孩

蹲在小路中央。草黄小心地说

"小朋友，让让路好吗？"

"我在画房子"

小家伙噘起小嘴，声音嘹亮

四周的笑声更嘹亮

夕阳一寸一寸落进山窝

人们一点一点从画面撤离

直至留白完全被暮色填满

囚徒说，生活的过程是

一层层展现，又一层层剥离

蝼蚁颂

这是冬天。大雪过后，用五谷陈酿
送一杯清汤下肚，心里火就灭了

在微醺的南山中，在晃动的天空下
我们的相遇不算什么奇迹

我知道你东张西望，想看到什么
我知道你匆匆忙忙，在寻找什么

如果我能缩小到你一样大
甚至比你小一点，也没有关系

我就拉着你的小手，一起跪下来
面对苍天，磕三个响头

从此后，我们就是兄弟

有福同享，有难同当

从此后，我就不必再为同类羞愧

涡阳问道

质疑老子姓老不姓李的人，举着考据学论文
抬出孔子孟子庄子杨子作证
质疑《老子》非《道德经》是《德道经》的人
指向马王堆汉墓，敦煌藏经洞
没有人质疑"道，可道也，非恒道也"
天空湛蓝。老子骑牛出关时
聚集在涡阳的青衫子，收到关尹子来信
明了西行意义。一团青气，悠悠然两千五百年
至今浸染着涡阳土地
北方休产假的斑嘴鸭，将嘴伸入道源
测量季候的温度
顺应自然。老子的话它很在意呐

所以做客涡阳。不请亦不送，皆自然
来的都是客。请便
着道家袍，言道家语。一副仙风道骨的样子
入乡随俗嘛。不适宜旺火，得慢慢熬

卖苔干的小贩早已勘破。嘴角闲挂着

一个紫气东来的谕示

四方木桌摆在那里。坐不坐随你

高炉酒摆在桌子上。喝不喝随你

最好是就着秋声，掺着虫鸣，用五谷杂粮

送一杯清汤下肚，心里火就灭了

看夕阳吊树梢，徐徐向山窝落去

沐素衣人一身青辉。飞鸟归，心端坐

涡河走走，随形赋影。谁，在放牧水族过滩？

脚踩青竹排，手挥《广陵散》。陶朱公呐

还是那么散淡。问一声，浣纱女何在？

水边盘桓的女子。低眉间，心事掉进水里

被鱼群收藏

绿翅鸭振翅，河中倒影自欣赏

两岸炊烟，向远方散去，皆是凡尘事

世界平添一份宁静。撒一阵细雨

空气，村庄，心中事，尽皆擦拭干净
秋风在想象之外吹呀吹。梧桐应声
落下一两片叶子
时序轮转。到了土地分娩的日子

涡阳问道，老子不言
问一问秋蝉，或稻谷，可好？

葡萄熟了

夏已至盛年。该成熟了
在河流初潮，麦穗饱满之后
有芒之谷皆已播种
雄性的风。受孕的大腹便便的田野
四处涌动的勃然的气息

让正发育的藤蔓的肢体挂满炸弹
让嫩叶后面的欲望接近坠落
夏蝉用尖叫制造眩晕
而太阳用细密的针，为果仁针灸
催促酒曲，将酸酿成甜

快看哪，那苦涩的青正步步退却
甜蜜的紫就要胀破血管了
成吨的诱惑，迫不及待的嘴唇
果园已备好不安的产房
等待风的助产士，吐出一串

醇正的寓言。令其补气血，强筋骨

"我结成果实，只是为了一醉"

在夏天摇晃的夜晚。手举葡萄美酒

夜光杯的人，对着掌纹解读星辰

并让诗歌，回到果园的枝头

幻　像

那些稚嫩的破壳而出的小脑袋
春的乳汁喂养的孩子
仲夏，漫山遍野发育成熟的饱满的绿

嘴硬的蝉不知疲倦，坚持用尖锐的呐喊
为桑树针灸。以祛风湿，镇腰疾
顺便替自己，解决一日三餐
谷仓里，硕鼠在开会讨论粮食问题
黎明前，姐姐用镰刀为月亮镀银

此刻风抽出细长的鞭子，放牧河流
大声嬉笑着跑过村庄
半壁流铜的山冈，患上不孕不育症的稻田
一只长满彩斑的蝴蝶，轻轻扇动了一下
翅膀。一片叶子动了一下

天空随之晃动了一下。一群集会的黄蜻蜓

开始压低云的高度。而一颗最小的心脏
正怀着最大的心事，用目光画出雨声

"你看到的都是幻像，真相落满尘埃"
屋檐下抬头的小男孩。落入心中的一滴雨

友 谊

我们模仿古人，倚河筑巢
头挨着头。研习泥与水火的艺术

上高岭取土，向南河引水
采唐韵的松油，宋词的青白釉

以旋转的木轮为床，用指尖的神经
为泥土受孕，赋形，传神

入闺房。进炼狱。下火海
把桩的师傅，炼就一对火眼金睛

择黄道吉日。依次出阁
谓青花，玲珑。体内汹涌的波斯马蹄急

谓粉彩。装饰康乾盛世的虚无
谓颜色釉。好一派富丽的末日景象

出长江。过南海。与丝绸同路
受抚摸，被把玩，催动干燥的荷尔蒙

一声脆响，自高处坠落的美的容器
被银元的纸否定。满地尖锐的瓷片

沉　默

他刚好摘下鸭舌帽，又戴上。她上车时
他们的眼神碰了一下，迅速分开
像两块同性的磁铁

都在想：不会是他（她），太巧了
但不约而同，将嘴唇缝上拉链
并让沉默，充满整个车厢

让车厢，给沉默赋予一个形体
一个凝固的速度。像一颗子弹
射入街道拥挤的喧嚣，给粗粝的生活
嵌入一个意外

到站了。她打开车门，沉默与声音在此
对抗了一秒钟，然后退却，消失
而她，很快被声音淹没

她忘了付车费。他也没有提起

影

他的存在是真实的。模仿的形体

厚实的色彩：黑。不可触摸的

可测量的虚幻之物

一种简单的物理方法：用强光定身

过磅，记录，撤光，再记录

然后用数学方法：相减

结果：等于零。我的影子的重量

一个接近于无的有

牵着我，跟着我，有时进入我

如影随形。一个依赖影子而存在的

世界，令我心安

令存在有了证据。令事物沿着时间的

轴线：静止，运动，死亡

而时间没有影子

因此你无法确定时间的存在。它的结构
四肢的形状，皮肤的颜色
时间是一个虚构的谎言

因此世界是虚构的。唯影子真实

枫　叶

你的脸一红，秋就深了

让不明底细的落日，迟迟
不敢落下

让群山围拢，鞋子走过来
靠近一颗心脏

落红无声，惊动三寸风情
谁的嘴唇在等待？

谁的眼睛不愿睡去
望穿一个毫无指望的归期？

倦了，倦了。且就此离去
让秋意挂满枝头

让凝血的骨肉，埋入尘土

树　林

一条弯曲的小径，陡然消失
在豌豆地与树林的交界处
好像有一个等待。一双陈旧的脚印
提示我，向那里走去

树林向我走来。先是两棵过去的树
然后是两棵未来的树，倔强地
从石缝中探出身来
好像在问候，我随身携带的秋天

多静的树林啊。好像这里的声音
比如松果的坠地声，只能
静静地听。好像所有的生命也只能
静静地生长

好像我走过的所有的路都是为了
抵达这里——树林的内部

词语的核心。我走后，会不会有人
再次进入这片树林？

我记得那一双静静地盯着我的眼睛
它证明——我曾在这里

田野赋

多年了。田野一直留在原处
一步也没有移动过

南山也没有移动过。南河流入昌江后
南河南岸，向南山靠了靠

它们都是亲戚，在这里住惯了
只向风，打探一点儿别处的消息

牛吃过的草，风一来，又长了
用草绳牵牛的小男孩，大了，去了远方

牛背上的牛背鹭，祖祖辈辈守着牛背
好像从来没有想过搬家
那棵蹭过牛背的老香樟，更老了

房子也老了。白墙露出了青砖

炊烟趴在屋顶上，直不起腰了

好在，一个年轻的姑娘背着双肩包
从田野东头，走过来了

光阴碎

下午三点，我还躺在床上

看见窗子，将天空截取了一小块

窗子外面，应该还有一大块天空

我不知道天空是否因此产生了破碎

窗子里的这一小块天空

是否与窗子外的天空，还有联系

它被定格在这里，被一个慵人

无聊地观看，没有产生任何感叹

甚至也不觉得，世界不过是

窗子大的一小块天空

现在，窗子里的天空开始浮动

好像要挣脱窗子的束缚

但它的努力是徒劳的

只要窗子还在，它就只能在那里

而我靠在床上，对此无能为力

远处传来了雷声

我决定起身，走到窗前，打开窗户

发现天空依然完整

窗子里的那一小块天空

与窗子外的天空，没有任何裂缝

我长舒了一口气，关窗，上床

继续睡觉

包　袱

相声演员走上前台，背着一身包袱
表演就是，将包袱
一个接一个抖落下来
他们卸下包袱，走下舞台
观众捡起包袱，装入油盐酱醋

包袱是一座博物馆。奶奶的包袱里
有年轻时穿过的衣服，照片，针头线脑
母亲的包袱里，有时是鸡蛋，有时是
用鸡蛋换来的硬币，一沓
皱巴巴的学费

包袱是鼓鼓的行囊。那一年我离开故乡
包袱里装着粮票，家谱，叮咛
我们相依为命，行走人间
每当头破血流时，就用包袱裹头
装成失去脸孔的鬼

现在，许多人头上压着沉重的包袱

不得不低着脑袋走路

清道夫

我敢肯定，这场雨不是去年的那场雨
这场雨大手大脚，好像有急事要办
那场雨慢吞吞地来，不打招呼就走了

那时我正在南山脚下，看白茅起伏
天不想黑，太阳舍不得落
我的身体，好像也产生了起伏

有些微小的起伏，令人心生欢喜
山川也有起伏，也有起伏之后的平静
好比疼痛，用来作为存在的证据

今天不一样。今天这场雨好像心怀怨恨
它用密集的拳头，砸开了医院的窗户
老同事老漆，没有醒过来

城市也没有醒过来。街道那么多淤泥
尘世也没有醒过来。那么多尘埃需要清洗

背　景

构图在取景框中移动，撤换
远与近，浓与淡，虚与实
"有了背景，一切才显示意义"
山坡吃草的牛，步入镜头

我们站在油菜花海中，让远山
衬托田野的美。一只山雀疾速地
射入蓝天，成为汪洋中的
一个灰点。一个小漏洞

而长大的孩子，倔强地独自远行
站台上，父母挥动失落的手
那些少小离家的浪子啊
将故乡背在身上，不敢松手

因此有背景的构图，才有前景
当大师斩断凡尘俗念，胆敢

以空白为背景，俗眼中
谁能看到，白纸里已千里冰封？

我乃凡夫走卒一枚，紧急关头
借你的背景一用，可好？

南河北岸的一只狗

它独自徘徊在南河北岸

先是向西，跑了一小段路

然后转过身，向东边溜达，边张望

回到原处，向南河对岸凝视

也许是主人抛弃了它

也许它与其他的狗失去了联系

这肯定是一只固执的狗

完全沉浸在自己的记忆里

反复在这一小段路上，来回寻找

现在，它又向西走去

它又停在一垛稻草旁，用鼻子

仔细地嗅着

当我经过它的身边时

它抬起头来，摇了摇尾巴

它看我的眼神，好像遇到了亲人

一棵好树

那么多的鸟，在那里安家落户

一只松鼠在练习跳远，一只山画眉
在用粗糙的树皮打磨尖喙
一只大头蚂蚁，领着一队大头蚂蚁
屁股对着南山，奋力向春天攀登

这肯定是一棵好树

允许鸟在头上撒野，允许风任性撒泼
允许一个失火的男人，蹲在树根上
让水流进身体

暴风雨来了，能走的都走了。只有它
还固执地，站在原地

爱情，非虚构

一座以水命名的小镇

在世界文化遗产名录上，长成了拉丁体

与生活对峙太久，身体被强行

推到了远方。直到一切布满灰尘

直到骨骼里锈迹斑斑

才会想起水的慈悲

以及走失的爱情。冰火交加的中年

缺水的眼窝，体内的火烈鸟幽幽长鸣

低回在血管中，栖息于陆坟银杏

六百年的躯干上

刻满年轮，风雷，密语

凝视巷口雾蒸霞飞。孑孓

石皮弄。天空眯眼，油纸伞收拢

薄翼抱紧身子骨。场景不同《雨巷》

非古典。沿着巷子走下去，手指划过

蜕皮的墙，一步步退回到童年
那些陈年旧事，堆积的疼
埋在坚硬的外壳下。石做的皮肤

结疤的疮口。需要柔软的水疗以
打开肢体。于乌篷船头
桨橹撩拨水道，将岁月读出了声
一个女子在临水梳妆，被童子看见
咏咏地笑了。多想躺进河流裸露的敞怀
请它接纳，一颗五克重的灵魂

船过五福桥。几个老人焚香毕
聊着某个故人的一些事。杜鹃随意落下
一片花瓣。时间慢下来，好像昨天
就在不远处。此刻谁都可以拥有
比土地更低的虔诚，谁都可以与光阴
达成约定。一生只做一件事

梦中西塘。事实上大地上的小镇不只这一个
人世间寻水的人也不只这一个
夕阳红着脸，徘徊在烟雨长廊
一双推开木格窗的手，正好碰上一双
扬波的眼。秋天放马经过，许多故事恰好
发生。爱情，非虚构

给四姑娘的献诗

爸爸我看到阿坝家的四姑娘了

诗歌节定在兄长马尔康家举行

今年参赛的诗人可多了我猜想男诗人

是为了四姑娘女诗人是为了马尔康

我不是诗人是观众是一条土家汉子

爸爸那些诗人一甩手就洒出了诗句

衣服口袋沉甸甸的装满了诗歌

我坐在观众席左边是九寨沟右边是卓克基

黄龙和卧龙也来了中间坐着大熊猫

爸爸小时候我哭着要熊猫娃娃现在不要了

熊猫回头朝我咧嘴笑了笑还用舌头舔了我的脸

秦艽和松贝坐在枝头险些摔下来真好笑

爸爸诗歌节开幕了四姑娘要出场了

大姑娘二姑娘三姑娘集体跳了一段池歌昼

诗人们纷纷取出诗歌加上盐金属号角泼向舞台

阿坝先生忙着捡拾打湿的句子在太阳下晾晒

爸爸你看呐么妹终于登场了手持月光宝镜

比腰还粗的辫子就缠在腰上分不清腰和辫子

这时夕阳正好坐在雪宝顶练习修辞

花湖水妖也整妆束容冥想入定

四姑娘张口时天空微微动了一下

这个细节引起我的心也微微动了一下

然后玉指缓缓一点戳破镜面对准了

我头一晕越过众人站在了舞台中央

慌里慌张表明我不是诗人是来提亲的

我一无所有只带了点粮食和蔬菜

四姑娘说这里漫山遍野生长着诗歌呐

大熊猫起身动了动诗句就四处飞溅

我看见失去副词连词形容词的诗歌眨着眼

四姑娘的目光劈开我的身体血管里诗句奔涌

爸爸这一刻我想起了你种诗的动作

此刻我抓住了诗歌的手成了一个句子

四姑娘拉着我站到了时间贝壳之外

大片金光从雪峰顶倾泻下来铺向土地

山川跪倒齐声诵读六字真言

唵嘛呢叭咪吽

向日葵之梦

突破夜的围困。我比晨曦早一秒
梦还留在原地。是真实的
细雨落进梦里。也是真实的
此刻天空变得明亮。我一仰脸
接住了白昼的第一束光
你的光。也是我的梦
希望你惊醒她。但你没有
你经天而过时，驾着天马长车
我浑身充满了你的味道
不抬头，也知道你在那里。而我
一直抬着头，并且始终看着你
西边的山谷里，摆着一张巨大的床
安放着你的梦，不是我的
因此我的忧伤是
一块冷冻的坚冰，来自时间的源头
你的照耀不曾融化，因为我
不曾向你吐露。新的夜已合拢

星斗满天。我低下头，谁也不见

西方还有一个国，住着佛陀

拈花一笑的刹那，光曾照进我的梦

一念众生

那时，我们面对面坐着。炉火很旺
两张脸投影到墙上，闪着红光
你说：放下吧，执念是毒
其中一个字露出了机锋
这时雪花轻轻叩了一下木窗
我的心跟着轻轻跳了一下
那个夏天晃了晃。在体内扎了根
隐秘的疼痛涌上来

你向炉中又投了一根柴
火更旺了。屋子温热
地层深处传来坚冰融化的声音
几个词停在你的嘴唇上
也可能是，几只蝴蝶停在那里
于是那个夏天的大树连根拔起
自行车铃声跟着消失了
车座后粗大的长辫子不再甩动

然后我转过身，开始了漫长的人生

而此时，你枯坐经殿独对青灯
木鱼声声敲击着木窗
一念不起

砍不倒的大山

秋日的黄昏，雁阵越来越高
六十六岁的老叶，火焰越来越低
季候的暗室，让所有影子显形

让夏天的火苗，往海南窜了又窜
"天凉好个秋，正好砍大山"
老叶的嘴里巨石滚滚

那些水质的大山，经不起
语言的利斧的斫削
一座山应声倒下。又一座矮下去

有时矮下去的，还有老叶的调门
"窃钩者诛，窃国者侯"
斧头身不由己，无奈落了空

事实上，斧头为山所驱驰

越大的山，拥有越坚硬的利斧

靠山靠山，斧头也不例外

老叶也不例外。只是他没有

命

那一年我七岁。一个烧窑的天府男子
握住我的左手，顺着三条隐秘的掌纹
进入我命运的远方
"北方攻读，南方谋业，寿七十三"
四年后，奶奶亡于七十三
很老的样子

一条雾中的山脉。我北上西京求学
南下瓷城安身，凡三十年
作为一个反宿命论者，对七十三
这个不详之数，我用唯物主义世界观
将其打入冷宫

后来，一把锋利的刀洞穿了我
揭开了命的劫数。站在第五十个路口
那个半神嘴唇上的预言，醒目的标识牌
露出冷峻的脸

"我偏生，活过了那个命定的数字"
迷信的母亲，用四十年的哮喘
击败了命的安排

"你也偏生，那天雨硬是没有下下来"
看来，我应该遗传了母亲的命
我偏生，可以不按常理出牌
命，你能奈我何？

瓷之器

高岭的土，东江的水
水碓下粉身碎骨的一场奔赴
木质的产房，陷于地表的轮盘
在指尖的旋转中结下的坯胎

成型为器。曰碗，曰盘，曰碟
添耳置足。曰瓶，曰尊，曰罐
五谷杂粮的栖息之所
深宫里，盛装帝王的玉液琼浆

且慢，稍候。泥做的骨架易涣呐
需到那窑炉腹中煅筋炼骨
匣钵的护法。松香的浸润
火焰顶端的舞蹈

容不得半度差池。通灵性的瓷胎
常犯过火的毛病：佝偻变型

欠釉起泡，兔唇嘴，黑雀斑
需对症号脉。成一河瓷殇

那些修成正果的。青花眉，玲珑眼
釉色颜面，粉彩衣裳。隆重出阁
青花妹子的窑里郎呐，立于
金发碧眼的床头，案几

步步惊心。处处悬崖
装饰了文明，打碎了半部封建史
在圆明园的废墟中
在大英博物馆的高墙上

风　景

洋洋将头伸出车窗外，一动不动
左唇边的胡子被风的小手拨向右侧
微甜的春光，蓬勃的生机
危机四伏的旷野

于是我靠近它。靠近它目光的边缘
在那里，约一百米的终点处
一个蹒跚学步的小女孩，一只
亦步亦趋的小黑狗
一条扭曲的杂草丛生的小路隐藏在
一片油菜花的汪洋中
如此细小的两个富有生命力的点
如此张扬的生命的怒放。当那摇晃的
双脚即将迈出惊险的一步时
洋洋飞身一跃，替她
将自己投入深渊，南河
翻滚的春潮

而在不远处。油菜花搭建的图案中
一对年轻的父母正进入布景
并抽空，兴高采烈地
向镜头外张望。向远处张望

风

必须不停地奔跑，时刻保持
一颗不安的心。将存在赋予山上的草木
天边的云。池塘的皱纹

九岁那年，我曾模拟祖父遥对三步崖喊山
没有抵达的声音，被你拦腰吹弯了
刚好绕过倾听的耳朵

我遇到过的最好的风，是个顽皮的小女孩
用长发不停地挠着桑树的胳肢窝
令那些幼小的叶子，忍不住地嬉笑

最幸福的风是一群无所事事的野猪
因为过于无聊，在月光下翻弄憨厚的南瓜

有一次，我看见好性格的风蹑手蹑脚穿过
院子，为晾衣绳上的白衬衫除尘

而那些脾气暴躁的，有时在北方搅动沙尘暴
有时在太平洋，逼迫海水练习倒立
他们的心情与某些人的行为有关

只有春秋的蝴蝶能区分，风之动与心之动
谁的一生不是在风里，漂泊不定？

云

长着一双风之腿，悠闲地东瞧瞧
西逛逛。趴在天的蓝脸上
蜷着身子睡大觉
背后的天机，不可泄露

有一次，你落在白岩寨的脖子上
为青峰围上一条白纱巾
"雾里看花，谁说实相非相？"
空谷回音。那里正雾蒸云飞

而少年的心思，随着大师兄
一个筋斗云，去了十万八千里
佛陀的世界，遍地的黄金呐
身坠五云中，心在哪里？

我只想有一双裁云手。先裁一块
白手绢，为小学女生扎辫子

再裁两朵白棉花，帮母亲
堵住生活的漏洞

最后，裁一口深井。张着空洞的
独眼，遥望茫然的人间

水

你这擅长魔术的小精灵
爱变身的捣蛋鬼
那些天上地下云里雾里的小把戏
早已被我识破

那一年，你伪装成六边形的小花朵
让草木一夜之间白了头，让女儿
五岁的小心脏，一下子装满了
天上的喜悦，融解的悲伤

你用温度塑造形体，用高度
扑灭体内的火焰。在天山绝顶
我曾见过，一堵透明的墙困住了
你的肉身。鱼的思想

而鱼的记忆通向海洋，地壳的低处
海的蓝。云的白。我的百分之七十

多少年你走进我，成为我
又一步一步走出我，否定我

让我干涸，枯萎如冬天的草木
让我不能随草木逢春

洋洋，快跑

我们在进坑。由一条碎石子路
进入山谷
"它在等我们会齐，一个都不能少"
探路的洋洋，反复向前冲出二十米
停下，侧过身，回头张望
然后用鼻子清点人数

小溪纠缠着小路，在一个拐弯处
形成一池约十平方米的镜面
我正好立于水边。当一声疾呼
自拐角那边传过来时

"洋洋快跑，去找姨父"
一阵惊恐的尖叫，一串急促的脚步
小小的身体跳过一块尖石
自左向右横跨一座一米宽的木桥
于一层楼的高度，向我纵身一跃

以突破危险的边界。它钻进我怀里
神情恍惚，轻声哼唧。我用怒吼
逼退了那个手持木棍的男人
我感到，此人虽非异类，实则
没有狗亲

石　头

石头从嘴唇吐出，没有重量，比词还轻
它提着灯笼，寻找肉身的重
安身的所在。反过来，重的肉身
一直向石头的词根坠落
它有柔软的内心，心里装着火
火光里是行走的星空
后来建筑学家将它搬进金字塔
修辞学家用刀刻斧凿
让它哑口，不准说过去世，不准说来世
让它内部一片漆黑，不见光明
让它呆在青梗峰，练习写日记
请渺渺道人带它误入红尘，做一个红楼梦
请吴承恩准许它生个猴子，叫孙悟空
让它时而混进厕所，冥顽不化
时而穿上警服，指挥交通
让残疾的维纳斯，有健康的乳房
让健硕的大卫，染上性幻想

弥勒佛借石头的青色肉身，只憨笑不发言
石头里的人，对人间疾苦视而不见
石头失了真身，退入万象中。处于无处

后 记

　　当我的第一部诗集即将付梓时，太多的感动让我不能言语。感谢我的母校西北工业大学，是她教我如何做人，如何做事。感谢我的大学同学雷军，温暖，知性，美丽，善良，是她让我平复了体内的波涛，敢于在众人面前掏出自己温热的心。还要感谢同城诗人林麦子，一个自己就是诗的诗人，她独特的审美情趣造就了这本诗集现在的样子。当然，还有那些幕后的人们，有了你们，生活才那么美好！

　　今夜小雨，我独坐窗前，写下这首《静夜思》——

　　　　只有在这样黑的夜里，才能完全
　　　　看清自己，满怀羞愧

　　　　想起春天，踩死的一只蚂蚁
　　　　那时它正在路上，为孩子们觅食

　　　　还追赶过两只流浪狗
　　　　不许它们，光天化日之下恋爱

西方，有人在明火执仗地打劫
中东，有人饿死在干净的天空下

我只有纸和笔，写不出伟大的诗
只能用来，作茧自缚

如果你正好也在倾听，夜的声音
请帮我解下，脖子上的绳索

我知道，这些从我笔下诞生的诗，它们有各自的命运，跟我
一样身不由己。遗憾总是在所难免，但当我想到断臂的维纳斯女
神时，胸中又释然了。

是为记。

于 2024 年 11 月 23 日午夜